AF454545

5 décembre 1910

VENTE
Du Lundi 5 Décembre 1910
HOTEL DROUOT, SALLE N° 10
A 2 HEURES ET DEMIE

EXPOSITION PUBLIQUE
Le Dimanche 4 Décembre 1910
DE 2 HEURES A 6 HEURES

Tableaux Modernes

AQUARELLES, DESSINS, PASTELS

GRAVURES

Mᵉ ROBERT BIGNON
COMMISSAIRE-PRISEUR
41, rue de la Victoire, 41

M. F. MARBOUTIN
PEINTRE-EXPERT
2, rue de Marseille, 2

CATALOGUE

DES

TABLEAUX MODERNES

Par

GUSTAVE COLIN, CAMILLE DUFOUR, FALLER, A. GOSSELIN,

HARPIGNIES, CH. JACQUE, G. JACQUET, KARL-DAUBIGNY, LE ROY,

LEROY-SAINT-AUBERT, DE MONTHOLON, AD. MOREAU,

A. MUSIN, C. QUINTON, A. ROSIER, W. SMITH, ÉMILE VERNIER,

VOGLER, A. WILDER, F. WILLEMS, ETC.

AQUARELLES, DESSINS, PASTELS

GRAVURES

Par

J. ADLER, E. BOUDIN, CAZIN, J. CHÉRET, COTTIN, H. DUPRAY,

MOUREN, RAMON PICHOT, THORNBEY, WILLETTE, ETC.

Dont la Vente aura lieu

HOTEL DROUOT, SALLE N° 10

Le LUNDI 5 DÉCEMBRE 1910

à deux heures et demie

Me ROBERT BIGNON	**M. F. MARBOUTIN**
COMMISSAIRE-PRISEUR	PEINTRE-EXPERT
41, rue de la Victoire, 41	2, rue de Marseille, 2

EXPOSITION PUBLIQUE

Le Dimanche 4 Décembre 1910, de 2 heures à 6 heures

CONDITIONS DE LA VENTE

Elle sera faite au comptant.

Les adjudicataires paieront *dix pour cent* en sus des enchères.

L'exposition mettant le public à même de se rendre compte de l'état et de la nature des objets, aucune réclamation ne sera admise une fois l'adjudication prononcée.

Paris — Imp. de l'Art. CH. BERGER. 41. rue de la Victoire.

DÉSIGNATION

TABLEAUX

ANDRIEUX

1 — *Chevaux à l'abreuvoir.*

BARTUT-DARRAY

2 — *Flirt.*

BOISLECOMTE (E. DE)

3 — *En prière.*

4 — *Arrestation de contrebandiers.*

BONFILS

5 — *Rêverie.*

BORIONE

6 — *Un Passage difficile.*

CALVÈS (M^{ie})

7 — *Chiens de chasse.*

CHALLIE

8 — *Intérieur*

CHAUVELON (G.)

9 — *Bords du Morin.*

10 — *Environs de Coulommiers.*

CHAUVIN (A.)

11 — *Chemin. Forêt de Fontainebleau.*

COLIN (Gustave)

12 — *Rêverie.*

13 — *Dans la montagne.*

14 — *Le Printemps.*

DUFOUR (Camille)

15 — *Bords de l'Oise.*

DAUPHIN

16 — *Quai au Havre.*

DUVIEUX

17 — *Venise, le soir.*

ÉCOLE 1830

18 — *Dans les champs.*

19 — *Paysage.*

20 — *Le Petit mendiant.*

21 — *Route aux environs d'Auvers.*

22 — *Le Pont de bois.*

ÉCOLE ESPAGNOLE

23 — *Tête de vieillard.*

ÉCOLE FRANÇAISE

24 — *Jeune Femme.*

25 — *Portrait de Femme.*

ÉCOLE ITALIENNE

26 — *Le Sommeil de la Vierge.*

ÉCOLE MODERNE

27 — *Vue de Venise.*

FALLER

28 — *La Chaumière. Soir.*

GARNIER (JULES)

29 — *Au Couvent.*

GOSSELIN (A.)

30 — *Environs d'Auray.*

HARPIGNIES

31 — *L'Approche de l'orage.*

ISAÏLOFF

32 — *Le Morin à Crécy.*

33 — *La Seine et la gare d'Orsay.*

34 — *La Marne à Lagny.*

JACQUE (Ch.)

35 — *Chevaux de contrebandiers.*

JACQUET (Gustave)

36 — *Jeune Femme.*

KARL-DAUBIGNY

37 — *L'Oise à Auvers. Soleil couchant.*

KOROCHANSKY (M.)

38 — *Printemps.*

39 — *La Chaumière.*

40 — *Mon jardin.*

LECCHI (A.)

41 — *Campement arabe. La prière.*

LEROY (J.)

42 — *Famille de chats.*

43 — *La Pelote de laine.*

LEROY-SAINT-AUBERT

44 — *En Provence.*

45 — *Dans le Midi.*

MALFROY (C.)

46 — *San-Giavanno. Venise.*

47 — *Plage de Brusc (Var).*

MERLIN

48 — *Jeunes chats.*

MIRO (G.)

49 — *La Rue Royale.*

50 — *La Suisse. Effet du soir.*

MOLINS (A. DE)

51 — *Les Courses.*

MONTHOLON (F. DE)

52 — *Les Bords du Clain (Vienne).*

MOREAU (ADRIEN)

53 — *Rendez-vous de chasse.*

54 — *Gitane.*

MUSIN (A.)

55 — *Entrée du port d'Ostende. Effet de nuit.*

OTTMANN

56 — *Vieille église à Montreuil.*

PAVILL

57 — *Bords de la Seine. Effet du soir.*

QUINTON (CL.)

58 — *Moutons au pâturage.*

ROSIER (A.)

59 — *Le Grand Canal à Venise.*

ROUART (Ed.)

60 — *La Cueillette des cerises.*
61 — *Femme à sa toilette.*

ROUX-RENARD

62 — *Jeune Femme.*

SAINT-MARCEL

63 — *Paysage.*

SCHULZ (Ad.)

64 — *Forét de Fontainebleau.*

SIGALON (Xavier)

65 — *La Jeune courtisane.*

SIMON (M.)

66 — *Les Ruches.*

SMITH (W.)

67 — *Marchande de frites.*
68 — *Débarquements le soir.*

VALLET

69 — *Moutons au pâturage, le soir.*

VERNIER (Émile)

70 — *Marine.*

VILLIERS (A.)

71 — *Après la pluie.*

VOGLER

72 — *L'Hiver.*

WILDER (André)

73 — *Moulin en Hollande.*

74 — *Notre-Dame de Paris (Inondation février 1910).*

WILLEMS (F.)

75 — *Départ pour la promenade.*

AQUARELLES, DESSINS
PASTELS, GRAVURES

ADLER (Jules)

76 — *Enfants de pêcheurs.*
   Pastel.

ANTONIO

77 — *Un Souper sous le Ier Empire.*
   Aquarelle.

BAUSIL

78 — *La Rue des Plantes.*
   Aquarelle.

BIANCO

79 — *La Madeleine.*

80 — *Café-Concert aux Champs-Élysées.*
   Aquarelle.

BLACHE

81 — *Pierrot se regardant.*
   Aquarelle.

BORIONE

82 — *Cardinal.*
   Aquarelle.

BOUDIN (E)

83 — *Marine.*

Pastel

CAZIN (J.-C.)

84 — *Chemin en Picardie.*

Dessin.

CHÉRET (J.)

85 — *La Rose.*

Dessin rehaussé.

COQUELIN

86 — *Fleurs.*

Aquarelle.

COROT (École de)

87 — *Paysage.*

Fusain.

COTTIN

88 — *Le Greffier.*

Encre de Chine.

DECAMP (Attribué à)

89 — *Passage dans les Pyrénées.*

Aquarelle.

DUPRAY (H.)

90 — *Napoléon.*
>> Aquarelle.

FRANCIA

91 — *Barques de pêche.*
>> Aquarelle.

GIDE

92 — *Étang au soleil.*
>> Aquarelle.

93 — *Ruisseau sous bois.*
>> Aquarelle.

HARPIGNIES

94 — *Paysage.*
>> Encre de Chine.

LACAUD

95 — *Officier de la Garde, Ier Empire.*
>> Aquarelle.

96 — *Officier de Hussards, 1807.*
>> Aquarelle.

LE RICHE

97 — *La Seine à Puteaux*
>> Eau-forte orignale.

MOUREN

98 — *Église à Senlis.*
Aquarelle.

MORIZET

99 — *L'Hiver en Normandie.*
Gouache.

PAYEN

100 — *Danseuse espagnole.*
Aquarelle.

PICHOT (Ramon)

101 — *La Sardana. — Danse espagnole.*
Pastel.

102 — *Retour du marché.*
Pastel.

SALMONI

103 — *Rose de mai.*
Aquarelle.

104 — *Rieuse.*
Aquarelle.

SOMM (H.)

105 — *Au Salon.*
Aquarelle.

SOMM (H.)

106 — *Femmes dans la nuit.*
Aquarelle.

THORNLEY (W.)

107 — *Barques hollandaises.*
Gravure.

THOMSON

108 — *Deux Paysages.*
Aquarelles.

VITERT

109 — *Le Jardinier.*
Gravure sur bois.

WILLETTE (A.)

110 — *La Raideur Dupuy.*
Dessin.